# 나의 왼손

이경학 엽서그림

초판인쇄    2008년 12월 19일
초판발행    2008년 12월 24일

펴낸곳      사문난적
지은이      이경학
펴낸이      김진수

주간        김완수
편집위원    함성호 강정 곽재은 김창조 민병직 엄광현 이수철 이은정

출판등록    2008년 2월 29일 제313-2008-00041호
주소        서울시 마포구 합정동 362-3번지
전화        02-324-5342, 02-324-5358
팩스        02-324-5388

ISBN  978-89-961311-1-3

나의 왼손

이경학 엽서그림

사문난적

서문    엽서 한 장의 나비효과

이 엽서

저울 위에다 올려나 보게

눈금 꿈적도 않는 그 무게는

손바닥만 한 무량無量

한 조각 마음

다름 아닌…… 사랑

나의 졸시 〈엽서〉의 전문全文이다. 그렇듯 엽서란 한 조각의 마음일 뿐, 세상의 수많은 사물 가운데 이렇다 할 비중이 없는 것일 터이며, 물리적인 질량으로는 더욱 그러하다.

그러나 엽서 한 장이 어떤 사람의 인생에는 실로 의미 있는 파급 효과를 가져올 수도 있는데, 그 어떤 사람이란 다름 아닌 나 자신이다. 과거의 어느 날 나는 그림엽서를 한 장 그려 보내게 되었으며, 그것이 그 어떤 시작인 줄을 그때는 알지 못했다.

스물 몇 살의 열정과 광기로 몸을 돌보지 않고 그림에 몰두하던 어느 겨울, 원인을 알 수 없는 병으로 오른손을 제외한 온몸이 마비되었고, 그것은 내게서 그림을 앗아갔다. 그러나 그려야만 했다. 그리지 않는다면 숨이 붙어 있어도 죽은 거나 마찬가지였으므로.

하여 원래 쓰던 왼손 대신 오른손으로 그리는 연습을 시작했고, 불편한 몸으로 할 수 있는 최선의 작업으로서 작은 엽서를 택했다. 그것은 또 다른 의미에서 제 몸에 갇혀 만나지 못하는 보고픈 사람들에게 마음까지 전할 수 있는 일이어서 더욱 좋았다.

한 장, 두 장…… 그리는 동안 그 속에서 계절과 자연을 느꼈고, 우리네 인생을 생각해보았고, 그 작은 화폭에다 세상에 전하고픈 메시지를 담아보기도 했다. 그런 과정에서 그림엽서 만들기는 소박한 창작의 즐거움을 넘어 내가 살아 있음을 느끼는 존재의 확인이 되었다. 그렇게 그려서 마음을 담아 보낸 엽서가 세월 속에 어언간 수백 장이 되었는데, 받은 이들이 잘 간직하였다가 한데 모아 전시회를 열기에 이르렀다.

신변잡담처럼 했던 10년 전의 약속을 질기게 품고 있던 나의 친구 류춘호 홍익대 교수가 억척스레 그 일을 추진했고, 홍익미대에서 동문수학했던 김한영 형이 실무를 맡아 자기 전시회를 하듯 발 벗고 나서 순조롭게 치를 수 있었다.

2008년 5월에 열린 〈이경학 그림엽서전〉은 여느 전시회처럼 화가의 작품 세계를 펼쳐 보이는 행사가 아니라, 사람들이 만나고 마음을 나누는 '소통의 장'이었다. 찾아와준 이들 중에는 20여 년 동안 연락이 끊겼다가 소식을 듣고 달려와 감격의 해후를 한 사람도 있었으니, 이 얼마나 고마운 일인가.

그리고 그것이 몇 개의 신문을 통해 보도되었고, 〈KBS 문화지대〉라는 프로그램에 소개되면서 이 프로그램의 진행을 맡고 있던 함성호 시인의 주선으로 책으로까지 만들게 되었다.

그리하여 이렇게 그림엽서들을 《이경학 엽서그림》이란 책으로 엮어 펴내게 된 것이다.

처음 그림엽서를 한 장 만들어 보낼 적엔 전혀 상상치 못했던 일들이 연이어 벌어진 셈이다. 하기야 우리네 인생에서 예기치 못한 일들을 제외한다면 무엇이 남겠는가.

위에서 나는 그림엽서 한 장이 발단이 되어 나에게 일어난 사건들을 열거하였지만 정작 중요한 것은 이 조그만 엽서에 그림을 그리면서 스스로 행복했고, 받은 이들의 가슴에도 나의 그런 조그만 행복이나마 전할 수 있었으니 더욱 행복했다는 것이다.

부디 이 책을 펼쳐 든 사람들에게도 그 행복감이 전이되기를 소망한다.

엽서 한 장의 예술, 엽서 한 장의 그리움, 엽서 한 장의 사랑, 엽서 한 장의 우정, 엽서 한 장의 행복, 엽서 한 장의 희망, 엽서 한 장의 꿈, 절망, 쓸쓸함……. 그러하다. 낱낱의 그림엽서는 보잘것없이 작고 미미할지 몰라도 내게는 우주처럼 넓고, 슬프고 기쁜 내 삶의 전부이다.

특히, 부모님께 감사드리며 아울러 내게 힘이 되었던 모든 분들께 고마움을 전한다.

2008년 12월 어느 날
이경학

차례

I  부치지 못한 편지

따스한 봄볕이, 그리고 삽상한 가을바람이, 시원하게 퍼붓는 소낙비가, 혹은 첫눈이……. 번번이 거절했지만 나의 병든 창문으로 찾아온 계절의 초대는 어김이 없다. 한두 해도 아닌데 지치지도 않는가 보다.

送厄迎福 2005 ?圖

나는 일 년 삼백예순 날 외출을 꿈꾼다. 계절을 대신해서 그 누군가에게로 초대장을 보내기로 했다. 엽서를 그리기 시작했다.

신기했다. 독일 유학시절 현대미술의 거장 요셉 보이스Joseph Beuys(1921-1986)
의 그림엽서를 접했을 때 그 유명한 예술가의 작품을 감상하기에 앞서,
그런 엽서가 통용된다는 사실이 우선 신기한 일로 다가왔다. '이런 엽서
도 부치면 들어간단 말이지?' 우리나라에선 우편엽서나 관광지 등의 그
림엽서 같은 것만 보내고 받고 했던 내게, 그가 종이에 직접 그려서 누군
가에게 보낸 엽서는 일종의 문화충격이었고, 엽서는 인쇄된 것이라야 한
다는 고정관념을 깨뜨려주었다.

하여 나도 한번 해보기로 했다. 학교에서 가장 친하게 지내던 토마스가 방
학이라 시골집에 내려가 있었으므로 그에게 엽서를 그려서 보냈다. 곧바
로 답장이 왔다. 그 역시 직접 그린 엽서로…… 아! 그게 들어갔구나. 그리
고 나도 이런 걸 받았어.

후후…… 참으로 가슴 뿌듯한 마음의 교류였다. 그것이 첫 번째였다. 그리
고 그 후로 수많은 그림엽서를 그리게 될 줄을 어찌 알았겠는가.

AIRMAIL

님 가신 강언덕에 꿈마다 피오래라.    '95

나의 꿈은 달콤하지만 쓰다!

겨울이 되고 화실이 그리우면 유독 생각나는 사람이 있다. 대학시절 동문수학한 김한영 형이다. 형을 처음 만난 것은 군에서 제대하고 갓 복학했을 때였다. 복학수속을 하러 간 학교에서 호감이 가는 한 사람을 만났는데, 나이도 꽤 들어보였기 때문에 처음엔 학생이 아니라 조교 혹은 학교를 찾아온 선배 화가쯤으로 여겼다. 그런데 개강을 하고 보니 그 나이 들어 보이는 사람이 놀랍게도 일학년 학생이었다. 현역 학생들보다는 여섯 살이, 나보단 세 살이 많았다. 무슨 이유인지 몰라도 우린 금방 친해져버렸고, 나는 그 무골호인을 졸졸 따라다녔다. 미술학원 같은 델 제대로 다녀보지 못하고 엉겁결에 미대에 들어간 나는 기초가 약해서 맘고생이 심했다. 그런 나에게 형은 너무도 훌륭한 개인교사였다.

형은 압구정동 시장통에 화실을 차려놓고 숙식을 하며 중고생들을 지도하는 아르바이트를 했었는데, 당연히 나도 거기서 살다시피 했다. 그리고 점차로 그 옹색한 화실은 우리 과 아이들의 아지트처럼 되어갔다. 학생들 몇을 가르치는 수입이 있다 해도 집세며 생활비며 등록금을 스스로 해결해야 했기 때문에 화실 살림은 몹시 궁색했다. 그런데도 그 가난한 집에 돈 한 푼 안 보태면서 거의 매일을 살다시피 했으니 시쳇말로 빈대도 왕빈대인 셈이었다.

나는 형과 함께 사는 화실생활이 좋아서 겨울방학에도 집에 내려가지 않고 계속 눌러앉아 있었다. 난방도 안 되는 화실에서 라면이 주식이었고, 잠은 책상(학생들의 작업용도로 크게 만든 책상이라 붙여놓으면 침대처럼 넓었다) 위에서 담요 한 장 덮고 잤지만 그런 건 아무래도 상관없었다. 둘이서 그림도 그리고, 통기타도 치고, 좋아하는 음악도 듣고 하는 생활이 그저 좋았다.

화실에서 추위를 면할 수 있는 수단은 연탄난로뿐이었다. 아이들은 그 난로를 '5cm난로' 라 불렀다. 배도 불룩하고 푸짐하게 생긴 녀석이 화력은 형편없어 손을 한 5cm 정도는 가까이 대야 겨우 뜨듯한 기운을 느낄 수 있기 때문이었다. 거기엔 그럴 만한 이유가 있었다. 그 난로엔 연탄을 넣는 칸이 세 칸이라서 한 칸에 두 장씩 모두 여섯 장을 넣도록 돼 있었지만, 연탄을 아끼느라 한 칸에만 불을 넣었다. 그렇게 속이 휑하니 비었으니 난로가 미지근할 수밖에. 그래서 우리의 소원은 그 난로에 연탄 여섯 장을 꽉 채워 넣고 겉이 벌겋도록 불을 한번 때보는 것이었다.

겨울이 깊어가던 어느 날 나는 드디어 큰 결단(?)을 내렸다. 그동안 서울에서 노는 데만 정신 팔려 있다고 생활비를 끊어버리신 아버지께 전화로 통사정을 했다. 한영이 형에게 미안해서라도 더 이상 버틸 수가 없었다. 선배 화실에서 그림을 배우고 있는데, 그림이 잘 돼서 조금 더 있어야겠으니 생활비를 좀 보내주십사 쓱쓱싹싹 빌고 빌어 금쪽같은 배춧잎 몇 장을 얻어냈다.

우리는 그동안 지나쳐 다니면서 군침만 흘렸던 상가 식당에서 일단 배가 터지지 않을 만큼 먹고 마셨다. 모처럼 맛보는 포만감! 행복이란 게 별거 아니란 생각이 들었다. 그리고 그토록 소원했던 연탄을 들여놓게 됐다. 배달료 십 원이 아까워 새까만 흑칠을 해가며 연탄가게에서 화실까지 연탄 집게로 두 장씩 들고 날랐다. 나중엔 힘들고 숨이 차서 옥상 문을 열고 나가 컥컥거릴 지경이 됐지만 그래도 좋았다. 당분간은 걱정이 없을 만큼 연탄이 차곡차곡 포개지고 있었으니 그 정도의 수고로움이야 아무것도 아니었던 것이다.

마침내 연탄 여섯 장을 배부르게 먹은 난로가 화끈 달아올랐을 때의 그 뿌듯함이란! 동네방네 연락을 해서 그동안 그 난로에 한이 많았던 아이들을 다 불렀고, 아이들이 저마다 조금씩 싸갖고 온 먹을거리로 파티가 벌어졌다.

그렇게 단 한 번, '5cm난로'란 오명을 썼던 화려한 발열을 끝으로 난로는 다시 연탄 두 장의 배고픔으로 돌아가는 신세가 돼야 했다. 겨울은 아직 많이 남았고, 언제 또 신세가 펴질지 불확실했으므로 배부른 오만은 딱 한 번으로 만족해야 했다.

생각해보면 그 '5cm난로' 때문에 형과 나, 그리고 거기 모였던 친구들 사이의 간격이 5cm보다 더 가까워졌던 게 아닐까 싶다. 그 춥고 배고팠던 화실에서의 겨울을 지내고 이듬해 봄, 나는 독일로 떠났다. '5cm난로' 곁에서 보낸 그 열정은 나에게 새로운 날개를 달아주었다. 그러나 인생은 알 수 없었다. 열정이 너무 지나쳤던 것인지 몰라도 나는 결국 쓰러졌고 다시 정상으로 일어설 수 없었다. 모진 병으로 제 몸에 갇혀 살면서 모든 관계와 단절이 되고 말았다. 내 스스로 차갑고 쓸쓸한 벽을 치고 살았다. 그러는 사이 20여 년이란 절망의 시간이 흘러버렸다.

그리고 다시 만났다. 20여 년의 간극을 건너 우연하게, 너무도 우연하게,

그러나 필연적으로 다시 만났다. 이제 모두 중년이 된 모습으로 20여 년 세월의 강을 건너왔지만 알 수 있었다. 말하지 않아도 왜 우리가 다시 만날 수밖에 없었는지에 대해서 알 수 있을 것도 같았다.

삶은 살아가는 자체가 기적인 모양이다. 그나마 살아 있었으므로 그토록 그리웠던 한영이 형, 여걸이 형, 그리고 그 '5cm난로' 곁에서 지지고 볶았던 친구들을 다시 만날 수 있었던 것이다. 휠체어에 의지한 내 모습을 안타까워하며 뭐라도 해주고 싶어 하던 형은 지난번 그림엽서전을 열게 됐을 때 나보다 더 흥분하며 모든 일을 맡아서 처리해주었다.

산다는 것이 절망이고 축복이다. 돌이켜보면 바람이 없는 들판은 없는 모양이다.

또 하나의 계절을 무사히 살았나 보다.

날은 아직 찬데 벌써 입춘이라니……

옛날에 수선화를 시리게 본 적 있었다. 독일에서였던가?
눈 내리는 호수를 찾아갔을 때 호숫가엔 수선화가 물결치고 있었지.
그 모습을 닮으리라 했었다.
그 '빛나는 겨울의 고독' 이 되리라고…….
그리고 내내

Daffodils,
Winter's dream '98 정지喜

나 하늘로 돌아가리라 새벽빛 와 닿으면 스러지는 이슬 더...

나 하늘로 돌아가리라 노을빛 함께 단 둘이서 기슭에 놀다가 구름 손...

나 하늘로 돌아가리라 아름다운 이 세상 소풍 끝내는 날 가서, 아름다...

말 하 리 라

-천상병-

歸天

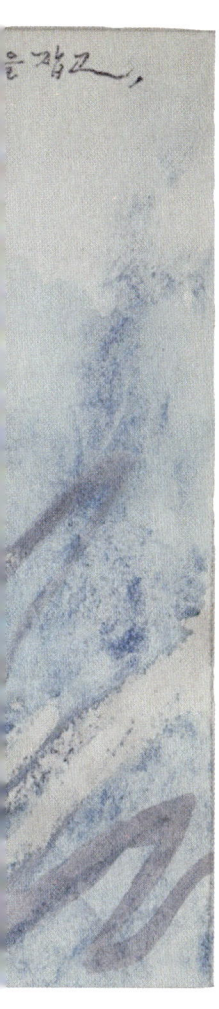

'자유' 라는 추상명사에 사로잡혀 살았다.

그것이 무언지 알고 싶었으며 찾고 싶었다. 자유에 대한 해답을 얻지 못한다면 나의 예술도, 인생도 무의미할 것이라 생각했다. 하여 열심히 그림 그리고, 닥치는 대로 아르바이트하고…… 참으로 치열하게 살았다. 그러나 자유란 스스로 추구하는 행위를 통하여 찾을 수 있는 것이 아니었던 것일까? 종국엔 혹사하던 제 몸에 구속되는 결말로 나는 자유를 찾는 대신 잃어버리고 말았다.

보리는 어머음을 알고 '96 강병재

《희랍인 조르바》를 쓴 그리스의 문호 카잔차키스의 무덤은 그의 고향 크레타 섬에 있다. 그 무덤엔 이런 묘비명이 씌어 있다고 한다.

"나는 아무것도 원치 않는다.
 나는 아무것도 두려워하지 않는다.
 나는 自由."

정말 기습적인 반가움!

마른 단풍잎을 발견했다!

어느 해 가을엔가 끼워놓았을

오래된 시집에서

겨울은 깊어 깊어...

고독한 겨울나기에 술을 걸칩니다.

어찌 지내시오?

다리를 건너가면서 희창 밖을 보니

가로 화단에 보리가 심어져 있더군요.

서울에도 고수부지라던가 세종문화회관 계단에 그렇게

되어 있다던가요? 한번 나가보시오.

이제는 도시의 아스팔트, 콘크리트를 장식하는

화초처럼 되어있읍지만

나는 그것에서 언젠가 보았던 보리밭의 감동을

떠올립니다.

아직 눈덮인 대지를 뚫고 올라타 초록색 생명을

하늘로 뻗어올리던 보리의 희망과 의지를...

이해 긴 겨울잠에 지친 나는

보리의 생명력을 닮고 싶습니다

그러합니다

우리는 너무도 쉽게 삶에 지쳐가만

그럴땐 자연의 에너지를 호흡해야 할 것입니다.

보리가 꽃봉어 고개 들었으니    ※ Call me!

봄도 멀지 않겠지요

기운 내시오, 친구.

96.2.11

사랑을 보내며.

───── 즐거운 편지 ─────

I

내 그대를 생각함은 항상 그대가 앉아있는
배경에서 해가지고 바람이 부는 일처럼 사소
한 일일 것이나 언젠가 그대가 한없이 괴로움
속을 헤매일 때에 오랫동안 전해오던 그 사소
함으로 그대를 불러 보리라.

내가 기적처럼 일어나 새로운 세상으로 걸어 들어가기를……. 그러나 슬프게도 나의 그런 망상은 현실에서 너무 멀리 떨어져 있었다. 하지만 나의 기도는 마지막 밤의 고요한 하늘을 날아서 먼 곳으로 향했다. 다만 평안하시기를,

부디 평화로우시기를, 세상 사람 모두 평온한 밤이 되시기를…….

또한 그런 모양으로 살고 있는 죽지도 못하고 있는 나는 또 나다.

...이 계절은 가장 깊은 외로움을 위해 푸르러진 것은 아닌 걸...

'95. 5月

바람 없는 들판은 없지

때론 세차게,

또는 여리게

이리로

저리로

'92. 仲秋

2    풍경은 꼭 흑백사진처럼

방세가 싸다는 이유 하나로 한동안 지붕 밑 방에서 살았던 적이 있다. 눈이나 비가 많이 오는 날씨 때문에 독일뿐 아니라 유럽의 집들은 지붕의 경사가 가파르고, 그래서 생기는 지붕 아래 자투리 공간은 방을 들여놓는 것으로 활용된다. 지붕에 작은 창문이 나 있는 유럽의 집들은 사뭇 동화적이고 낭만적으로 보이지만, 실상은 실용적인 측면에서 그렇게 된 것이다.

즐거운 편지 '98

그 지붕 밑 작은 방은 대부분 가난한 독신자들을 위한 공간이다. 계단을 한참 올라야 하고, 화장실이나 부엌은 아래층에 내려와 공동으로 사용해야 하는 불편함 때문에 방세가 쌌으므로 가난한 예술가라든가 유학생들에게는 그나마 고마운 곳이다.

적은 돈으로 지상에 몸 누일 방 한 칸에 전망 좋은 창문을 덤으로 얻을 수 있으니 달리 말해 무엇 하겠는가. 또한 가구의 교환배치가 용이치 않아 비록 낡았으나 오래전부터 그 방에 있었던 침대며 책상 같은 극히 기본적인 가구들도 공짜로 사용할 수 있으니 가방만 달랑 들고 들어가면 그만이었던 것이다.

삼진날의 脫出 그림·陳

Nostalgia 98 N

나 또한 독일 유학 시절 당연히 그런 곳에서 신세를 졌다. 그곳의 다른 불편함은 그럭저럭 견딜 만한데, 추위만은 참기가 힘들었다. 낡은 집이라 보일러 열기가 꼭대기까지 잘 안 올라오는데도 하우스마이스터Hausmeister란 직함의 덩치 큰 관리인은 화재의 우려가 있다며 별도의 난방 기구를 못 쓰게 했다. 그래서 옷을 껴입고 납작한 고무보온병을 침대에 미리 넣어둔 후에 잠자리에 들곤 했으며, 손이 곱으면 스탠드의 백열전구에 갖다 대기도 하는 등 한겨울 동안 살아남기 위해 할 수 있는 짓이란 다 해본 셈이다. 지붕 밑 방에서 가장 소중한 소품은 하늘로 난 작은 창이다. 그것은 우주와 교신하는 통로다. 그 경사진 창 앞에 놓인 책상에 앉아서 나는 꿈을 꾸고, 낙서하듯 그림을 그리고, 편지를 쓰고, 가난한 아침을 먹었다. 과거 그곳에 살던 예술가들도 그랬으리라. 이탈리아인으로 파리에서 생을 마감한 모딜리아니의 슬픈 사랑과 죽음이 그 대표적인 예일 것이다.

밤늦게 아르바이트를 마치고 마지막 버스에서 내려 컴컴한 계단을 올라가는 걸음은 천근만근이다. 그러나 모든 계단의 끝에는 문이 있다. 모든 고난의 끝에는 구원이 있는 것이다. 긴 계단을 다 올라 문을 열면 나의 꿈이, 그리고 현실이 작은 방에 오롯이 모여 있다가 나를 끌어안는다. 늦은 밤 지친 몸으로 계단을 올라가면서, 또 새벽에 내려오면서 나는 과거 그런 곳에 살았던 예술가들을 생각했다. '파리의 지붕 밑'이란 유명한 샹송이 있다. 그곳에 살았던 화가들처럼 나의 그림도 그렇게 되기를 소망했다. 현재 나의 삶이 진실한 것이라 여겼으므로 이렇게 살면서 그림을 그리면 그들처럼 될 거라고 무턱대고 믿었다. 하기야 그런 열망과 도전적인 자신감이 없다면 그게 어디 스물 몇 살의 젊음이랴. 이제 나는 지치고 병든 중년의 사내. 그 시절의 빈한貧寒과 고독이 사무치게 그립고 그리울 뿐이다.

Eine alte Kinderschuhe behalte ich bei mir.
Früher hat Kwang-Moo sie angezogen.
Wie lebt ... er?

Alte Kinderschuhe '98 박수근

*Waldfantasie* '95

천천히 숲길로 걸어 들어갔다. 여린 잎이 돋아난 나무며 수줍게 봉오리를 펼친 작은 야생화들, 내 앞에서 바쁘게 뛰어가는 개구리, 느릿느릿 움직이는 달팽이와 작은 거북이, 잽싸게 나뭇가지를 옮겨 다니는 청설모……. 오랜만에 걷는 숲은 생명들로 가득했고 부산했다.

아, 세상은 평화롭고 나는 행복하다! 뜬금없이 행복감에 휩싸인 나는 흥얼흥얼 노래를 부르기 시작했다.

"햇빛 따스한 아침, 숲속 길을 걸어가네."

길섶 볕 잘 드는 곳에 한 무리의 아이리스가 피어 있는 게 보였다.

"보랏빛 꽃잎 위에 당신 얼굴 웃고 있네, 두 손 내밀어 만져보려니 어느새 사라졌네."

"그리워라, 우리의 지난날들…… 꽃잎에 새겨진 사랑의 이야기들……."

고국의 친구들과 멀리 미국에 있는 여자 친구 생각이 났다. 그리웠다. 사무친 그리움이 아니라 아주 편안하고 즐겁고 행복한 그리움이었다.

보다 平安하소서 '97 겨울明

"그리워라, 우리의 지난날들…… 지금도 내 가슴엔 꽃비가 내리네."

마지막 소절을 부를 땐 내 가슴에도 꽃비가 내리고 있었다. 그 어떤 몽환 속에서 노닐 듯 그 노래를 수없이 부르며 숲길을 걷고 또 걸었다. 행복했다!

그리고 그 아침이 마지막 행복한 봄날이었고 마지막 산책이었다. 미처 봄이 지나가기도 전에 혹독한 인생의 겨울이 시작되었다. 그렇게 느닷없이 시작된 내 인생의 겨울은 길고, 춥고, 어두웠다. 마치 독일의 겨울처럼. 그후 스무 번이 넘는 봄을 맞았건만 그토록 아름답고, 평화롭고, 행복한 봄날은 다시 없었다.

아니, 애초에 아무것도 없었다.

흐린 가을날 풍경은 흑백사진이다.
그런 날엔 덕수궁에 가고 싶다.
스산한 갈바람이 트렌치코트를 입혀줄 테지.
말라비틀어진 가지가 고스란히 드러난
그 을씨년스러움이 오히려 끌리는 등나무,
그 넝쿨 아래 벤치에 앉아서
끊었던 담배 한 개비를 맛있게 피우고
돌담길 따라서 걷다가 정동교회 뜰에 주저앉아
나지막이 노래도 부르고……
그런 쓸쓸한 외출을 동경한다.

언구제러블 로맨티스트 unguserable romantist?라 해서 있지도 않은 단어를 지어내, 구제불능의 낭만주의자를 칭하는 말이라며 낄낄거렸던 우리 고등학교 때의 영어 말장난인데, 세월이 흘러 내가 그런 인간이 될 줄이야.

Unquenerable Romantist

Liebestraum records

Liebestraum

사랑이 지나가면 추억이 되고, 더 오래 지나면 화석 같은 관념이 되어 기억과 잠재의식의 경계에 자리하는 것일까. 그렇게 끝내 잊히지 않고 남아서 애틋한 그 무엇이 되는 것일까.

병들어 제 몸에 갇힌다는 것은 거의 모든 것들과 단절됨을 의미했다. 사랑하고, 결혼하고, 아이를 낳고⋯⋯. 보통은 그럴 나이에 나는 체념을 배워야 했다. 체념, 이 얼마나 독한 낱말인가.

ATELIER
wishing I was there rfs

찬바람 불기 시작하니

나는 또 화실을

그리워한다.

미지근한 연탄난로 하나에

목숨을 걸고 겨울을 났던 낭만을

추억하는 것이다.

ATELIER……

내가 꼭 돌아가야 할 곳!

한때, 잠들면 내일 아침에는 부디 깨어나지 않기를…… 그렇게 소원하며 잠들곤 했었다. 그런 절망의 날들이 있었다. 그리고 어느 해 겨울부턴가 12월이 되면 겨울잠에 들고 싶었다. 어머니의 품속처럼 안락하여 다시는 깨고 싶지 않을 만큼 깊고 오랜 잠. 영영 깨어나지 않을 꿈을 꾸고 싶었다.

그러나 삶은 현실이고 현실은 고통이다. 그것을 건디기 위해 그 어떤 일로든 겨울나기를 준비하며 나는 깨어 있는 채로 꿈을 꾼다. 잠이 육신의 진통제라면 꿈은 정신의 진통제다. 모르핀처럼 꿈에도 중독이 되는 걸까. 꿈을 꾸는 동안 나는 행복하다.

그녀가 꽃이름을 불어 났다.
이 메역를...
능소화...
마음 적으면서 내 속에선
이렇한 그리움이 피어올랐다.
그 이름만으로 그리움을 품게 하는 꽃,
능소화, 지친 걸음을 옮기던 A골길 외만치
등대불처럼 빛나는 주황색 꽃떨기
이제는 쉬라 하네
이제 그만 머물라 하네
오늘은 하네,
마지막 휴식의 날

Vincent

01. 08. 23

우
빠른우편

대한민국 KOREA

3 싱그러운 숫자들

모를 일이다. 나는 왜 여름, 하면 흰색 원피스수영복을 입은 건강한 여인의 이미지가 연상되는 것일까. 과거 그런 모습으로 화장품 CF에 나왔던 어떤 탤런트에게 홀딱 반한 적이 있기 때문이려니 했는데…… 기억 속을 하염없이 헤치고 들어가니 저 막다른 곳에 희미하게 드러나는 영상…….
잊은 줄 알았는데 그게 아니었다.
눈부시게 바다를 뛰놀던 그녀…… 옛사랑, 그 과거완료형의 사랑!

딩동댕 지난 여름 2003 김앵♥

Sea of Passion '96

수필. 따를 수隨 붓 필筆. '붓 가는 대로 쓰는 글'. 국어시간에 배운 수필의 교과서적인 정의는 그러하다. 붓 가는 대로 쓰는 글이 수필이라면, 붓 가는 대로 그리는 그림도 수필일 수 있지 않겠나?

봄볕 쏟아져 들어오는 아침, 창 너머 하늘빛이 참 곱기도 하다. 괜스레 무슨 일이라도 저지르고 싶은 기분이 되어 주섬주섬 화구를 챙겼다. 화창한 날씨와 맑은 하늘빛이 우리에게 주는 행복감이란 아무런 대가도 없이 얻어지는 축복 같은 것이어서 마냥 들뜨게 한다. 라디오를 켜니 비발디의 〈사계〉 중 '봄'이 흘러나왔다. 생각 없이 노란색 물감을 찍어 곡선을 한 줄 그었다. 그 다음엔 초록색, 주황색, 분홍색, 그리고 맑은 파랑……. 내키는 대로 물감을 찍어 구불구불한 곡선을 획획 그려 넣었다. 라디오에서 들리는 비발디의 감흥을 따라서, 그냥 '붓 가는 대로' 그리는 일이 마냥 즐거웠다. 얼마 동안 그런 뒤에 그림을 가만히 들여다보면서 깨달았다. 내가 획 그었던 색은 노랑은 개나리 색, 분홍은 진달래 색, 그리고 점점 짙어가는 나무와 풀의 빛깔, 창 너머 하늘의 색이었음을……. 아! 나는 나도 모르는 사이 봄을 그리고 있었던 것이다.

그렇담 이것이 추상화일까? 아니야, 그냥 붓 가는 대로 그렸으니 '수필 그림'이라고 하자. 수필 그림이라…… 더없이 즐거운 봄날이다.

nach VIVALDI

마치 선경仙境인 듯, 천상의 꽃이 저런 모양은 아닐까 싶었다. 장맛비 속이라서 더욱 그랬을 게다. 차를 세웠다. 그곳이 도라지 밭이란 걸 물어보고 나서야 알았다. 연일 계속되는 비에 산도, 들도, 먼 마을까지도 모두 뿌연 회색인데, 그 속에 반투명한 전등갓 모양으로 함초롬히 피어난 연보랏빛과 흰색의 도라지꽃은 마치 꽃잎에 형광물질이 함유되어 있는 듯 제 스스로 빛을 발하는 것처럼 보였다. 참으로 고결하기조차 한 아름다움이었다.

우리 사는 세상은 이렇게 후줄근하게 비에 젖고 있어도 새로운 소망은 어디에고 숨어서 피고 또 피어나는 모양이다. 땅속 순결한 뿌리가 썩지 않고 생명의 기운을 밀어올리고 있는 한 아름다운 꽃은 피고 또 피는 것이다.

그렇듯 고통에 일그러진 내 몸속에서도 알지 못할 생명의 기운이 자라고 있는 것은 아닐까? 꿈결처럼 만난 도라지꽃에서 불현듯 희망을 보았다.

겨울은 강철로 된 무지개
'98 광석

매운 季節의 채찍에 갈겨

마침내 北方으로 휩쓸려 오다


하늘도 그만 지쳐 끝난 高原

서릿발 칼날 진 그 위에 서다


어데다 무릎을 꿇어야 하나

한 발 재겨 디딜 곳조차 없다


이러매 눈감아 생각해볼밖에

겨울은 강철로 된 무지갠가 보다

이육사의 시 〈절정絶頂〉이다. 이 시를 찾기 위해 얼마나 헤매었던가. 나의 기록과 지식과 기억의 서랍을 샅샅이 뒤지고, 한국명시선 같은 책들을 눈에 띄는 대로 들춰보고, 어떤 날은 마음먹고 서점에서 그런 유의 시집들을 모조리 훑어보기도 했다. 그렇게 안달이 났던 것은 딱 한 줄 '겨울은 강철로 된 무지갠가 보다' 라는 구절 때문이었다. 언제부터였는지도 모를 만큼 오랜 세월 기억하며 무척이나 좋아하는 시 구절이었는데, 누구의 무슨 시에 들어 있는 것인지 시인도 제목도 생각나질 않으니 환장할 노릇이었다. 그러나 찾을 수가 없었다. 요즘에야 인터넷 검색을 해서 어렵잖게 찾을 수 있을 테지만, 내가 컴퓨터를 사용한 것은 10년도 채 되질 않으니 아날로그 방식으로 그리도 애썼던 게 애당초 무리한 일이었던 셈이랄까.

그러던 중에 우연한 기회에 그 시를 만나게 됐다. 감격적인 해후……. 전문을 읽어보니 참으로 좋았다. 시인이 저항했던 시대상황도 느껴지고 막연한 이미지로만 좋아했던 그 구절도 보다 절절하게 다가왔다. 시인은 시대적 고통의 극한에 처해 있고 나의 고통은 개인적, 육체적인 것이라는 차이가 있을 뿐 근원적인 심상은 비슷할지도 모른다는 동질감으로, 그 불굴의 의지에 깊이 공감하며 날카로운 그 한 줄의 구절을 더욱 좋아하게 됐다. 

우리 아파트 앞 잔디밭에 어떤 부지런한 할머니가
고추밭을 일궈 놓으셨다.

고층에도 꽃이 피네?

꿈을 꾸는 일은 중노동이다
깨고 나면 언제나 목이 마르다
어둠 속을 더듬어 마루로 나간다

들국화는 피었는데… '94 정혹뻐

방앗간에는 이야기가 있다. 정미소란 이름으로 대형화, 공장화되기 이전 쌀을 비롯해서 기계적인 가공을 해야 하는 마을의 모든 먹을거리가 거쳐 갔던 곳. 방앗간을 그냥 지나치지 못하는 것이 어디 참새뿐이었으랴. 마을 사람과 방문객은 물론, 하다못해 동네 강아지까지 모두 한 번씩은 기웃거 렸으므로 그곳은 언제나 북적거렸다.

조용히 기도할 때...
방앗간이야기 '96 경옥[서명]

그중에서도 단골손님인 동네 아낙들의 수다 속에 크고 작은 이야기가 전해지고, 가깝고 먼 마을의 소문과 스캔들이 확대재생산되던 곳.

그렇게 소란스럽던 방앗간은 가을걷이가 끝나고 추석이 지나면 일순 버려진 듯 고즈넉하다. 폐허처럼 을씨년스럽고 적막하게 변해버린 그곳엔 늦가을의 정취가 집약돼 있는 것처럼 보인다. 내가 좋아하는 방앗간은 바로 그맘때의 그런 모습이다.

늦은 가을 차를 타고 시골길을 가다가 방앗간을 보게 되면 그냥 지나치지 못한다. 아무 이야기도 들리지 않음으로 하여 오히려 옛날부터 전해 내려오는 수많은 이야기들을 다 품고 있는 듯한 늦가을의 방앗간. 물끄러미 보노라면 왜인지는 모르겠으나 마치 시골마을의 작은 예배당처럼 보여서, 그 소박하고 가난한 곳에 들어가 기도를 하면 모든 죄를 고백하여 용서받을 수 있을 것만 같다.

清州로의 초대, 여름 2007 김병종

그러나 휠체어를 타고 그것을 행동으로 옮기기란 용이치 않은 일이어서 그러는 대신 스케치를 한다. 방앗간은 그릴 것이 썩 많은 대상이다. 옛날 엔 작게 지었다가 발동기를 들여놓기 위해 그 부분만 삐쭉 지붕을 높이 고, 또 무슨 설비가 새로 들어오면 그 자리만 벽을 넓히고, 문이나 창이 필 요하면 그때그때 하나씩 더 만들고……

그런 세월 속에 들쑥날쑥 허름하고 이상한 모양이 되어 획일화된 현대건축과 다른, 아주 독특한 조형성이 있기 때문이다. 애당초 나무와 흙 등의 자연재료로 지었기에 어느 일부분만 계속 고치는 것이 가능했을 테고, 또 그런 만큼 허물어지기도 쉬웠으므로 온전한 형태를 갖추고 있지 못한 모양이 더욱 그림으로 붙잡아두고 싶은 마음을 부추긴다.

봄이 오는 길, 2007 淸州 김영배

그런 연유로 방앗간은 해마다 늦은 가을이면 한 번씩 그리게 되는 소재이다. 그렇게 그린 방앗간은 그림이 아니라 지나온 계절을 마감하는 나의 기도이다.

동국밤 가수원길 2004

아카시아 그늘에 앉은 소녀, 이파리를 하나씩 뜯어내며

온다
안 온다
온다
안 온다
기약 없는 기다림으로 설레던 날들

사랑한다
안 한다
사랑한다
안 한다
무슨 사랑인 줄도 모르고 무작정 설레던 푸른 봄날

그런 날들이 숱하게 지나고
아련히 세월이 흘렀어도
아카시아 그늘 아래 서면 아직도
누군가 잎을 하나씩 뜯고 있는 것 같다


— 〈아카시아의 날들〉

내려받은 나야
잊지 말아
아직 어디엔가
너를 그리워하는 세상이 있음을...

가을엽서 2005 저

톡,

벤치는 늦은 낙엽에게 예약된 자리였다.

April Song 2002

목련만큼 개화<sup>開花</sup>와 낙화<sup>落花</sup>가 극명하게 대비되는 꽃도 없을 듯하다. 눈부시도록 하얗게 햇살을 튕겨내며 활짝 웃다가 이내 송두리째 뚝뚝 떨어지는 모양은…… 곧 슬픔이다. 그러나 '목련꽃 그늘 아래서 베르테르의 편지를 읽'으셨던 나무달님(木月)으로 하여, 목련은 찬연한 그리움의 노래다. 이 땅이 끝나는 날까지 4월을 노래하는…….

푸르른 오월에 두 둥    실,
풍선 세 개가 떠간다.
희윤, 희진, 준홍, 세 아이의 꿈도 하늘 높이…….
계절의 여왕 5월. 5일, 8일, 15일,
싱그러운 숫자들만큼 좋은 일도 많겠구나.

"오월은 푸르고나 우리들 세상 '95 정○○

Happy Birthday!

생일 祝賀 합니다.
케익에 초를 꽂다보니 참 많기도 하던요
큰초 ○○, 작은초 여섯 개...
○○ 나이가 한 마흔쯤 됐나? 했는데

Vincent

대한민국 KOREA 280

4       하늘이 한 옥타브 높아졌다

'비' 라는 말 앞에는 무슨 말이 붙어도 다 예쁘지만,
그 가운데에서도 '봄' 이라는 글자가 붙어

유리창엔 봄비 '97 강종렬

'봄비' 라고 할 때가 제일 근사합니다.
알 수 없는 설렘과 그리움이 있지요.

바오밥나무의 꿈

독일 유학시절 시내에서 살다가 옮겨간 기숙사 옆에 숲이 있었는데, 문을 열고 나가면 지척에 있는 숲이 마냥 좋아서 자주 산책을 하곤 했다. 숲 가운데 있는 작은 호수까지 가는 길은 휘적 휘적 걸어갔다 오기에 맞춤한 산책코스였다. 그 숲에도 봄이 왔다. 독일의 겨울은 길고 춥고 어두웠다.

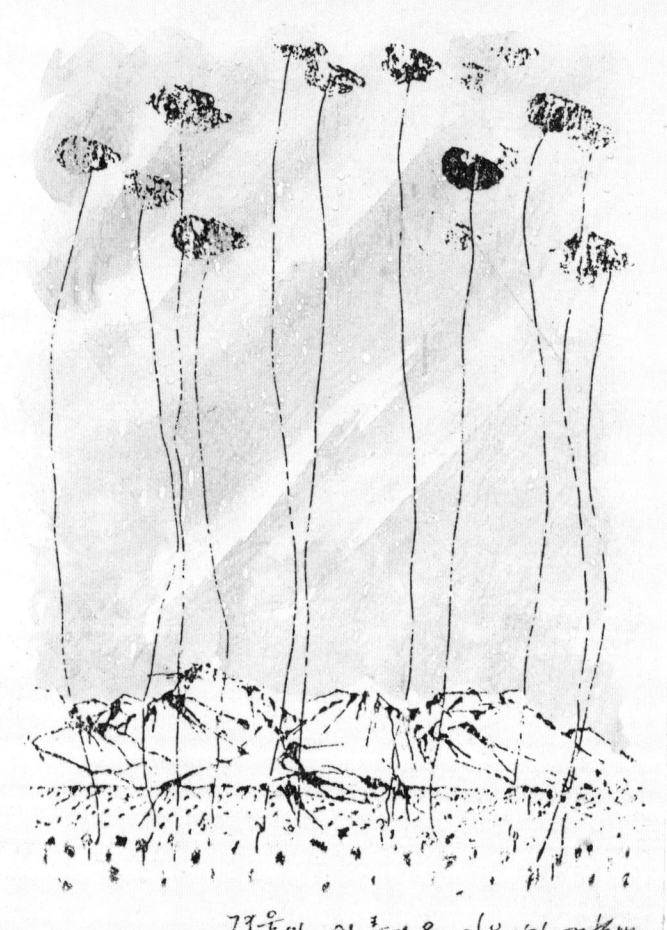

꾸움이 아름다운 이유 '96 강혜숙

꽃은 병든 나의 화실에서 다시 피었다!

dreaming of a white Christmas... 2007

아무것도 없다
끝없이 깊은 거울
그 속엔 아무것도
아무도 없다

아무것도 없다
마주 대한 흰 도화지
소리 없는 동굴의 울림
섬뜩 한 걸음 물러섰다
존재이고 싶다
살고 있는 숨소리
살아낸 흔적이고 싶다
눈빛과 손짓
그제야 숨소리가 들렸다
무엇이 되지 않아도
나는 나다
虛空에
내가 묻어 있다

— 〈자화상自畵像〉

하늘이 낮아지며
노래를 부른다
새들은 날갯짓 조심조심
나뭇잎 고개를 떨구고
창문은 어스름
스피커 얼룩을 짓고 있다
내가 부르고 싶었던 노래
숨소리로 듣고만 앉아 있다


― 〈슬픈 노래〉

the last winter '99 rfy 【K】

양철북 하나 꺼내놓으면
내 좁은 뜨락은
붉은 광장이 되지
나팔꽃 피면
북소리는 신바람 나지
깡통 하나 굴러다니면
신명나는 합주가 되지

빰빠라 빠 빠

어제로, 어제로

철부지 맨발의 행진 ᐁ

Idylle '98

가을비 그림엽서

전원생활을 꿈꾼다. 도시에 사는 많은 사람들이 그러하듯 나도 시골에서 자연을 벗하며 살았으면, 하고 막연하게 동경한다. 동화 속 빨간 기차가 지나다니고 철길도 빨간색이 되어버린 산 아랫마을, 그 마을엔 끝없이 밀밭이 펼쳐져 있다. 그리고 눈 감으면 환하게 빛나는 몽환의 하늘엔 까마귀가 날고…….

꿈꾸는 언덕에 까마귀 날고… '95 그림·글

까마귀를 좋아한다고 하면 다들 이상하게 여긴다. 불길하고 더러운 새라고 으레 손사래부터 치고 본다. 나는 그런 까마귀를 좋아한다. 머리에서 발끝까지 잡색 하나 깃들지 않은 그들을 보면 그 어떤 불길함보다 오히려 의연한 절제와 오만함이 느껴진다. 극도로 세련된 검은 정장의 신사를 연상케 한다.

그러나 내가 까마귀를 좋아하는 이유는 정작 따로 있는 듯하다. 다름이 아니라 반 고흐의 밀밭 위를 날던 새라서 좋아했던 것 같다. 어린 시절 남들이 모두 기피했던 새를 반 고흐의 그림에서 발견하고 다시금 생각케 했던 힘이 오늘날까지 나를 버티게 하는 원동력은 아니었을까 싶다.

그런 점에서 과거의 어느 날 내 머릿속으로 날아든 까마귀에게 고마움을 느낀다. 하여 지금도 내가 꿈꾸는 하늘에는 까마귀가 날고 있다. ◎

die letzte Nacht '99

# 5 나의 왼손

眞參!
해가 바뀐 겨울 찻잔 랫리만 뒤늦은 인사를 전한다

월겨나 앉을로 가나 인제 곧 3月…

새 천 한 희망의 흙龍이 푸른 하늘에

새봄. 새학기의 새 통경을 펼칠 때이다

너는 이제 충학교 학생으로 될 터이니

Vincent

Vincent

'96 [signature]

근사한 이름을 알게 되었다. 빈센트 반 고흐Vincent van Gogh. 풀잎 같은 감수성의 고등학교 시절 흔히 '고흐'라고 부르던 그의 이름을 알게 됐을 때 그것은 내가 아는 모든 이름을 통틀어 가장 멋있는 것이었다. 이후 예사롭지 않은 생을 살았던 그 비운의 화가는 나의 멘토가 되었다. 편지 따위에 서명을 할 때라든가 기타를 비롯한 내 소유의 모든 물건에 내 이름 대신 Vincent라 써넣었고, 그의 화집을 손 뻗으면 닿는 곳에 두고서 수시로 펼쳐보았다. 그에 관한 기록이라면 닥치는 대로 읽었다. 그런 과정에서 소년은 그의 숭배자가 되었다.

그를 노래한 팝의 명곡, 돈 매클린Don McLean의 〈빈센트Vincent〉는 내가 가장 좋아하는 팝송이다. 그 곡을 음반에서 들리는 것과 똑같이 부르고 싶은 욕심으로 턴테이블의 바늘을 수백 번도 넘게 옮겨놓으며 듣고 또 들으면서 그 절묘한 기타 사운드를 따내기 위해 끙끙대기도 했다. 그런 세월이 흘러 이 무슨 운명인지 소년은 숭배하는 빈센트 반 고흐처럼 화가가 되었는데…….

그가 죽었던 것과 같은 나이인 서른일곱 살의 생일을 맞으며 나는 스스로에게 의미를 부여하는 이벤트로서 그의 자화상을 모사模寫하기로 했다. 할 수 있는 모든 재료와 기법을 다 동원해서, 그야말로 심혈을 기울여 그렸다. 그러면서 반 고흐와 영혼의 교감을 하는 것 같은 착각 속에 그처럼 치열하게 그림을 그리리라, 결코 좌절하지 않으리라는 다짐을 하기도 했다. 마침내 만족할 만한 그림을 얻었으며, 그것은 서른일곱 살의 생일에 내가 나에게, 아니, 위대한 빈센트 반 고흐가 내게 준 생일선물이었다.

"오른손이 하는 일을 왼손이 모르게 하라." 마태복음 6장 3절의 말씀으로 부터 나온 금언이다. 그 말의 의미를 떠나서 물리적으로, 나의 모든 행위는 그렇게 되고 있다. 오른손이 하는 일을 나의 왼손은 모르고 있다.

차라리 모르는 편이 낫다. 왼손잡이였던 내가 그 모든 일들을 오른손으로 대신하기 위해 애썼던 과정을 알고 있다면 왼손은 얼마나 안타까웠을까. 다른 건 다 관두고라도 오른손에 연필을 쥐고서 선긋기부터 다시 시작한, 그 지난했던 그림 그리기의 연습과정을 지켜보며 더듬더듬 성에 안 차는 그림에 무척이나 답답했으리라.

그리고 휠체어를 미는 일에서부터 작게는 단추를 채우는 일까지 오른손 혼자선 할 수 없는 일을 도와주고 싶었을 것이다. 그 무엇보다 내가 끔찍이도 사랑하여 서슴없이 애인이라 불렀던 나의 기타, 그 기타의 지판을

나의
왼 손 은 담 배 를
들 고 있 었 다.

그 리 고
발 엔
굵 건
두 한

눌러 현을 퉁기는 오른손과 함께 아름다운 소리를 만들고 싶어서 안달이 났을지도 모를 일이다.

오른손이 하는 일을 나의 왼손은 모른다. 아니, 알면서도 어쩔 수 없어 침묵하고 있는 것인지도 모른다. 그러기에 더욱 나의 왼손은 슬프다.

어두운 방의 조명은
햇빛이어야 한다.
사방이 꽉 막혀
어두컴컴한 가운데
한구석에 빠끔히
뚫린 작은 창이라든가
어떤 틈새로 햇빛이
스며들면 빛의 줄기가
보이고, 그제야 햇빛은
하나의 존재가 된다.
그렇게 햇빛의 존재가
드러나 저만치 한 부분만
환한 실내는 경건한
분위기가 되어,
빛의 줄기 속에
미세먼지의 입자가
보이는 그곳에선
단 한마디의 거짓말도
할 수 없을 것만 같다.

나는
고독을
좋이 여겨하지 않으나

· · · · · -

· · · · · -

낮을 껌적거리보다는
내 스스로가 꿈이되어
꿈이 된 나를 껌적거리니
아직은 영원한 사색이 어거울

잔잔나무의 日記    '97 김강동

사물의 윤곽이
어슴푸레 드러나면서
그림자와의 경계가
모호한 그곳,
어두운 방에선
생각이 한 곳으로 고인다.
둥둥 떠다니고
이리저리 흩어지던
생각은 물꼬를 튼 물처럼
한 갈래로 흘러서
사유의 웅덩이로 고여들어
깊이가 생긴다.

문득 이름 하나 생각나
가만히 불러본다.
어두운 방에서 떠오른 이름은
'내가 그의 이름을 불러주기 전에는
그는 다만 하나의 몸짓에 지나지 않았다' 하는
김춘수 시인의 꽃에서처럼 존재론적인
'그의 이름' 이 아니라 분명한 대상이 있는
'너의 이름' 이다. 그래서 그리워진다.
그리움이란 본시 먼 곳을 향하는 것이나
어두운 방에는 그리움의 탈출구가 없다.
하여 너의 이름은 슬프다.
어두운 방에 홀로 앉은 사람은 모두
뒷모습이다. 가끔은 그런 뒷모습이고 싶다.

장미의 계절,
유월 달력에서 걸어나온 그녀은...
'97

졸병수첩

OKT '94 김현식

일주일에 한 번 보급이 있는 날을 담배가 다 떨어진 골초들은 학수고대했다. 아, 화랑담배……. 길이도 짧고 혀가 아릴 정도로 맛도 썼던 최하위 품질의 담배였지만 그마저 없는 군대생활은 상상하기조차 끔찍할 만큼, 그야말로 사막의 오아시스 같은 존재였다. 담배를 피우지 않는 병사들에겐 건빵이 지급되었다. PX라고 부르던 군대매점에 멋대로 갈 수 없었던 훈련병 시절, 건빵과 그 속에 들어 있던 별사탕은 꿀맛이었지만 담배를 얻는 대신 포기할 수밖에 없었다. 나라가 가난했으니 군대라고 별수 있었겠는가.

그래서 인심 후한 동료에게 조금 얻어먹기도 하고, 혹은 담배와 맞바꿔서 먹기도 했다. 건빵과 담배를 맞바꾼 녀석은 그것을 가지고 골초를 상대로 치약이나 비누 같은 다른 보급품과 다시 맞바꾸는, 좀 더 나은 조건의 물물교환을 했다. 어딜 가든 수완 좋은 놈이 있는 법. 그런 놈들 덕분에 나름의 유통질서가 잡혀, 빠듯한 보급물자로도 그럭저럭 불편함을 줄이며 생활할 수 있었던 걸 생각하면 웃음이 난다.

세월이 살같이 흘러…… 휴가 나온 친척 동생아이가 갖다준 군대 건빵을 오랜만에 맛볼 수 있었다. 봉지 속에 별사탕도 그대로이고 맛도 별 차이 없는 게 신기했다.

거 참 고소하군, 하며 오물거리던 중에 친구들 생각이 났다. 풍요의 시대, 배가 나와서 죽겠다며 너무 잘 먹어서 탈인 중년의 내 친구들……. 한 줌의 건빵과 한 개비 화랑담배만으로 족했던 우리들의 졸병시절은 어디로 흘러갔을까.

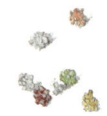

My Autograph

*Beatles forever*

비틀스Beatles를 좋아한다. 어떤 예술가나 대상을 좋아하면 모든 자료를 섭렵하여 분석하고 탐구하면서 종국에는 숭배하는 것이 나의 습성인바, 비틀스도 예외는 아니다. 그들의 수많은 명곡 중 〈인 마이 라이프In my life〉를 가장 좋아하는데, 이 곡이야말로 비틀스의 특성이 가장 잘 드러난, 비틀스를 가히 클래식의 반열에 올려놓을 수 있는, 그런 노래가 아닌가 싶다. 로큰롤 음악으로선 이례적으로 화성이 두드러진 데다가 편곡, 악기의 적절한 사용 등 흠잡을 데 없이 깔끔한 노래란 점에서 그렇다는 말이다. 이 곡은 또 뉴밀레니엄을 맞아 평론가들이 뽑은 20세기 최고의 팝Pop으로 선정되었다던가. 이 노래가 들어 있는 앨범이 발매되었을 때 뉴욕 필하모닉의 상임지휘자인 레너드 번스타인은 이렇게 극찬했다고 한다. "비틀스의 사운드는 바흐의 푸가Fuga에 필적하는 아름다움을 가졌다. 여러 가지 의미로 볼 때 그들은 금세기 최고의 작곡가이다. 금세기의 슈베르트나 헨델이라고 할 수 있다." 그냥 들어도 좋지만 가사에 유심히 귀 기울여보면 더욱 그렇다. 3분 남짓한 노래 속에 인생과 사랑에 관한 소박한, 전혀 심각하진 않지만 깊이 있는 메시지를 담고 있는 것이다.

팝의 역사상 가장 위대한 보컬 그룹으로 비틀스를 꼽는 데는 대체적으로 이견이 없지만, 나는 그들의 위대성을 끊임없는 실험정신에서 찾는다. 그들은 활동하는 동안 계속해서 새로운 시도와 음악적 실험을 게을리 하지 않았던 것이다. 비틀스의 출세작인 〈아이 워너 홀드 유어 핸드 I wanna hold your hand〉가 빅히트를 치고 미국을 방문했을 때 언론에선 '영국의 침공 British Invasion'이라는 표현을 했을 정도로 미국 젊은이들의 반향은 가히 폭발적이었다. 그러므로 그런 스타일로만 계속 나갔어도 충분히 인기가도를 달릴 수 있었을 터인데, 그들은 거기서 안주하지 않았으며 새 노래를 발표할 때마다 계속 상식을 뛰어넘는, 요상한 시도를 했다. 그런 예를 죽 짚어보자면, 먼저 가장 유명한 〈예스터데이 Yesterday〉는 귀에 익어서 자연스럽게 들리지만 악보를 놓고 분석해보면 상식 밖의 구성과 불협화음으로 점철돼 있음에 놀라게 된다. 노래의 시작부터 그렇다. 모든 악곡은 으뜸화음의 도 미 솔 중 하나로 시작된다 하는 것이 음악시간에 배운 기초상식인데, 그 노래의 처음인 '예스터데이~' 하는 부분의 계이름은 '레 도 도~'이다. 그것도 하나의 마디 안에서 레로 시작하는 것이다. 끝도 마찬가지이다. 요즘에야 다양한 시도들이 있지만 과거의 노래들은 모두 으뜸음 도로 끝나는 것이 일반적이었는데, 마지막 부분의 계이름은 '도 미 미~'의

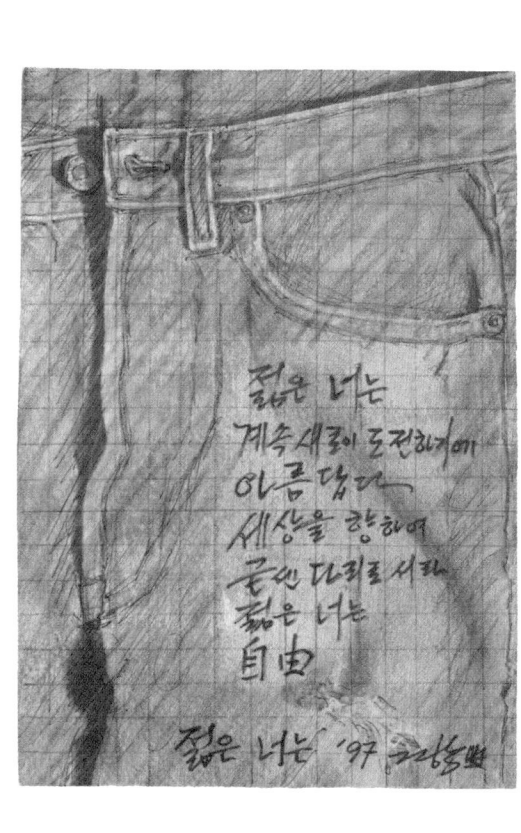

젊은 너는
계속새로이 도전하기에
아름답다
세상을 향하여
굳센 다리로서라
젊은 너는
自由

젊은 너는 '97 류상욱

You are so beautiful 박정민

미로 끝나는 것이다. 그리고 두 번째 마디 '올 마이 트러블 심드 소all my trouble seemed so......' 하는 부분은 한 마디 안에 '샵#(올림표)'이 두 개나 들어있는 것을 볼 수 있는데, 괴상하기 짝이 없는 멜로디가 아닐 수 없다. 그런데도 그것을 자연스럽게 들어온 것은 귀에 익었기 때문만은 아닐 터이다.

그런가 하면 음악적으로도, 현악 사중주의 선율을 삽입하는 파격적인 시도를 하고 있다(클래식이라는 고정관념을 깨고 현악 사중주를 로큰롤 음악에 사용한 것은 일대 혁명이나 다름없었다. 그 노래가 그토록 오랜 세월 사랑받고 계속 리메이크 되는 것은 듣는 줄도 모르고 듣게 되는 현악 사중주의 나지막한 선율 때문이 아닐까 하는 생각이 든다).

또 〈걸Girl〉이란 노래에선 스읍~ 하고 입맛 다시는 소리가 들어 있는 걸 들을 수 있다(처음엔 그것을 무슨 소음이 들어간 걸로 알았는데, 자세히 들어보니 의도적으로 그런 소리를 넣었던 것. 세상에나…… 노래에 입맛 다시는 소리라니! 제목이 걸, 소녀니까 어떤 소녀를 보고선 그 소녀가 너무 예쁘고 깜찍 발랄해서 군침이 돌 정도다, 하는 의미에서 그랬던 것일까?). 〈헤이 주드Hey Jude〉에선 '나나나 예예' 하는 후렴구를 지루할 만큼 반복하고 있는데, 가사 한마디 없이 노래의 후반부 반 이상을 그런 여흥구로 채운다는 것은 당시로선 정말 있을 수 없는 일이었다.

그런가 하면 장르에 관한 실험적 도전도 마찬가지였다. 〈미셸Michell〉에선 상송을 차용했으며(도입부의 가사를 불어로 하는 등 상송 본연의 골격을 유지하면서도 그것을 비틀스 특유의 스타일로 재해석하여 아주 독특한 분위기를 창출한 수작임!), 〈옐로 서브마린Yellow submarine〉에선 군가풍의 행진곡 리듬을 썼고, 반대로 〈렛 잇 비Let it be〉에선 성가의 스타일을 도입하는 등 비틀스의 실험은 파격적이었지만 계속 성공을 거두었다. 거기서 멈추지 않고 〈롱 앤 와인딩 로드Long and winding road〉라든가 〈어크로스 더 유니버스Across the universe〉 같은 노래는 70년대에 많이 나왔던 프로그레시브 록progressive rock의 분위기가 난다. 로큰롤 음악을 클래식처럼 대곡 풍으로 만들 수도 있다는 걸 일찌감치 비틀스가 보여주었기 때문에, 그 후 록의 명곡들이 쏟아져 나올 수 있었을 거라 생각된다.

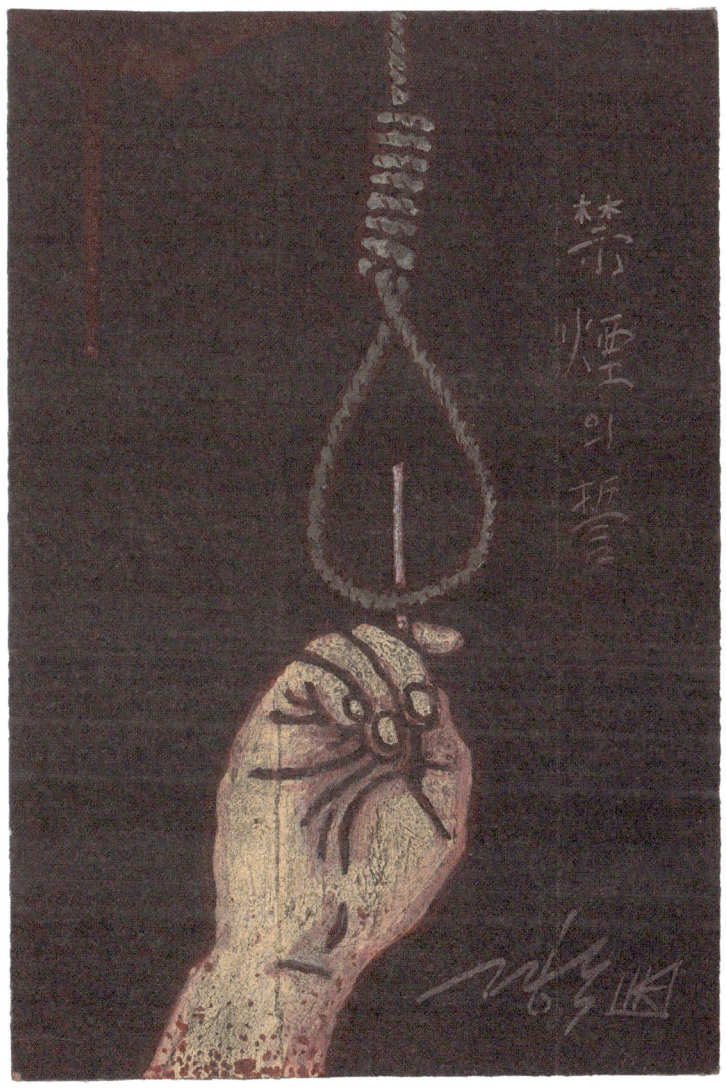

이상 열거한바, 내가 들은 단편적인 사실만도 이러하니 전문가들이 심층적인 분석을 한다면 그런 예는 수없이 많을 것이다.

그렇듯 끊임없이 음악적 실험을 하면서도 비틀스는 결코 심각하다거나 예술가입네 하는 제스처를 취하지 않았다. 노래도 결코 열창을 한다거나 하지 않았고, 연주에서도 고난도의 테크닉을 구사한다거나 하지 않았던 것. 그냥 설렁설렁, 어찌 보면 무성의해 보이기조차 한 그들의 음악엔 '우리 넷이 이렇게 연주하고 노래하니 즐거워 죽겠다' 하는 분위기가 짙게 배어 있을 뿐이다. 그래서 편안하다. 쉽고 편안하기에 그들의 음악은 듣는 이를 행복하게 만드는 것인지도 모르겠다. '쉽고 편안하게 사람들을 행복으로 이끄는 것' 그것이야말로 예술이 도달해야 할 진정한 가치라는 것을 나는 비틀스를 통해서 배운다.

시대를 앞서간 비틀스의 음악적 실험은 오늘날에도 신선한 것이어서 많은 후배 뮤지션들이 리메이크하고 있고, 또 30~40년이 지난 요즘 젊은이들에게도 촌스럽지 않은 음악으로 다가서고 있다. 그것을 증거라도 하듯 몇 해 전에 나왔던 비틀스의 편집 앨범(No.1)은 발매되자마자 전 세계의 팝 차트를 휩쓸었다던가.

시방 이런 소리를 하고는 있지만 사실 나도 옛날엔 비틀스를 그다지 많이 듣지 못했다. 나는 70년대 록 음악을 들으며 자란 세대라서 내가 음악에 미쳤던 시절엔 비틀스는 이미 흘러간 밴드가 되어 있었으니까. 하여 '비틀즈에겐 야릇한 중독성 같은 것이 있어서 한번 듣기 시작한 사람은 마니아가 되지 않을 수 없다'고 감히 단언하는 바이다.

먼 훗날, 한 200년쯤 흐른 후에 우리 후손들이 비틀스의 음악을 현재 우리가 모차르트나 베토벤을 듣는 것처럼 클래식 음악으로 듣게 될 거란 상상을 하며, 또 그렇게 되기를 바라마지 않는다. Beatles Forever!

生辰을 祝賀합니다.

엄마 이제 고생 좀 그만 하셔도 되는 좋은 날이
곧 올거라 믿습니다. 열심히 기도하겠어요.
　　　　　　　　　　　　　　　　-경 하

무엇이 평안과 건강과 축복이 함께
하소서. 승리하세요　-정가

늘 건강하시고 행복 하십시오.
　　　　　　　　　　-사위 올림-

할머니 생신축하 드려요. 사랑해요.

　　　　　　　　　-광무올림-

엄마가 되면서, 엄마로 살면서,
자꾸만 엄마를 닮아 갑니다.
그래서 더욱 더 엄마를 사랑 합니다.
　　　　　　　　　　경미올림

Happy Birthday!

6     조용히 사고치는 스타일

언덕 저편 등성이에 푸르게 서 있는 미루나무를 보면 여름이 왔음을 느낀다. 쏟아지는 햇볕을 온몸으로 받아내며 쑥쑥 키를 키우는 미루나무에서 생명의 힘을 느낀다. 미루나무처럼 생명력 왕성한 이 여름엔 내 몸속에도 그런 조짐이 있기를 바라본다.

매미 의 콘서트

'97 그림동화

살짝 걸쳐놓고 갔대요."

솔바람이 몰고 와서

"미루나무 꼭대기에 조각구름이 걸려 있네.

한줄기 쾌청한 바람이 부는 듯하다.

내 몸 어디에서

겨울장미, 해마다 겨울이면 꼭 한 번씩 그리는 소재이다. 겨울장미는 붉은색이 아니다. 코발트, 터키블루, 울트라마린블루, 프러시안블루 등등 다양한 톤의 파랑, 혹은 보라색, 회색……. 그렇게 세상에 존재하지 않는 색깔의 장미를 그리는 일이 재밌다.

겨울장미는 어느 의지의 여인을 닮았다. 그리고 오랜 세월 동안 겨울처럼 사는 내 모습을 닮은 듯도 하다.

Winter Rose

Oster Ei 2004

"어느 날 짜자잔! 극적으로 건강해져서 돌아댕길 수 있게 된다면, 젤 먼저 하고 싶은 게 뭐냐?"

"헌혈!"

내 대답은 간단했다. 나한테 뭘 물으면 언제나 기발한, 다소 황당하기조차 한 대답이 나오기 때문에 친구들은 그것을 유쾌하게 여기며 은근히 즐기는 분위기다. 나는 얼른 설명을 덧붙였다. 오랜 세월 병들어 있으면서 나는 헌혈하는 사람들이 부럽더라. 헌혈을 할 수 있다는 건 그만큼 제 몸이 건강하다는 증거이고, 그저 건강하기 때문에 제 몸뚱이 하나만으로 별다른 노력이나 수고 없이 사회에 봉사할 수 있다는 건 얼마나 좋은 일이냐. 그래서 헌혈을 함으로써 내가 마침내 건강해졌다는 것을 스스로 확인하는 뿌듯한 기분도 맛보고, 단일민족임을 자랑으로 내세우면서도 제 동포끼리 나눌 피가 모자라 외국에서 수입해 와야 하는, 이 모순된 나라의 환자들을 조금이나마 돕고 싶다.

나의 말에 친구들은 끄덕끄덕 하면서도 재차 물었다. 헌혈보다 좀 더 적극적이고 활동적인 일을 해보고 싶다면 그건 뭐냐고…….

"축구!"

또 맥 빠지게 간단한 대답…….

"내일 지구가 멸망한다면 오늘 나는 축구를 하고 있을 거야. 폼 나게 축구화 신고 잔디구장에서……. 꼬맹이 때부터 스물 몇 살까지 했으니까 20년 넘게 축구를 했지만, 잔디구장은 한 번도 못 밟아봤거든. 축구화 신고도 못 해봤고……. 그러긴커녕 그물 쳐진 골대가 있는 데서도 못 해봤던 게 한이 돼서 말이야. 요즘은 잔디구장도 많고, 물자라든가 여러 환경이 다 좋아졌으니까 정식으로, 폼 나게, 축구 한 껨 해보는 게 소원이야."

이름지 않은 독도의 막내 2005 강

외로운 방랑을 일삼던 스물 몇 살 무렵, 독도에 가려고 했던 적이 있다. 그 곳이 일반인은 갈 수 없는 섬이란 것을 울릉도에 가서야 알았다. 그래도 게서 말 순 없는 일이라 고깃배를 얻어 타고 나갔고, 독도를 가까이서 둘러보고 오는 것으로 만족해야 했다.

어부아저씨의 말씀인즉, 독도 근해는 고기 종류도 많고 굉장히 잘 잡히지만 풍랑이 심해서 조업을 나올 수 있는 날이 많지 않다고……. 그래서 웬만한 파도쯤은 개의치 않고 출어를 한다고 했다. 정말 바람이 엄청 불었다. 독도는 퍽이나 경이로운 풍광이어서 과연 탐낼 만한 섬이로군, 하는 생각이 들 지경이었다. 그때 본 독도는 일본의 섬도 한국의 섬도 아닌, 갈매기들의 섬이었다. 갈매기가 어찌나 많던지 섬의 부분 부분이 흰색 바위로 장식된 것처럼 보였다. 망망한 바다에서 먹이활동에 지친 갈매기들에게 쉴 자리를 제공해주는 독도는 무척이나 고마운 존재였으리라.

갈매기의 섬인 독도의 또 다른 주인은 어부들이었다. 우리가 품은 관념적인 의의라든가 그 어떤 상징성 같은 것과는 상관없이, 어부들이 나가서 고기를 잡는 섬이었던 것. 인간의 접근을 허용치 않는 섬이지만 한 군데, 풍랑이 너무 심할 땐 잠시 숨을 수 있는 피안시설도 마련돼 있었고……. 중요한 사실은, 독도를 누구보다 사랑하고 섬의 주인인 어부들이 바로 '한국사람'이라는 것이다.

고故 정주영 회장의 이른바 '소떼방북' 의 산물로 금강산 관광길이 열려서
온 나라가 들떴을 때, 주변에서도 아버지께서 누구보다 먼저 가셔야 하지
않겠느냐고 권유했지만 아버지는 응하지 않으시며 "금강산에 관광을 가
니?"라고 특유의 억양으로 말씀하셨다. 빨리 통일이 돼서 가야 할 그곳에
관광 같은 걸 갈 수 있느냐, 하는 것을 함경도 사투리로 함축한 말이었다.
실향 일세대가 그러하듯 아버지의 사상도 극도로 보수우익이라서 다소
경직된 생각에서 나온 말일지도 몰랐지만 나는 그 말씀에 공감했다.
그 후로 많은 사람들이 금강산 관광을 다녀왔다. 관광객을 위한 위락시설
이 마련되고 심지어는 골프장까지 들어서는 등 어느 관광지 못지않은 면모
를 갖추어갔다. 그것을 보며 알지 못할 서글픔 같은 걸 느낀 것은 왜일까?

가리...새천년엔 꼭 가리! 경현 曹

국토 중 특별한 의미를 지닌 곳이 있다. 한민족의 영산으로 여기는 백두산이 대표적일 것이며, 그 이름만으로 애틋한 느낌을 주는 독도가 그러하다. 금강산도 그런 곳 중의 하나가 아닐까. 분단 이후 줄곧 그리워하는 세월이 흐르는 동안 언젠가는 꼭 다시 찾아가야 할 곳으로, 즉 통일의 상징적인 산이 되어, 또 다른 의미의 성지처럼 느끼며 살아왔었다. 그래서 〈그리운 금강산〉이란 가곡을 들으면 숙연한 마음이 됐었고……. 그런 산을 관광, 즉 놀러 가서 경치나 구경하며 즐기는 곳으로 가벼이 여기는 세태에 불만이었다.

금강산도 가고, 개성에도 가고…… 그렇게 민간차원에서 한 걸음씩 나아가다 보면 통일도 머지않아 이룰 것이다, 라는 생각과 함께 금강산을 여느 관광지처럼 만들어 즐기는 것은 훗날 통일이 된 이후로 조금 미루어도 되는 일 아닐까, 하는 아쉬움이 동시에 드는 것은 괜한 의미의 늪에 빠진 이율배반적 생각일는지…….

이 좋은 가을날에 신나는 사건 좀 있냐?

어떤 사람이 그런 말을 했다던가요?

MONEY··· 꽃보다 아름다워 2000년 가을 晩

1998
금모아 나라사랑 규상㉯

"돈이 아름답다고 느껴야 돈을 벌 수 있다"고요.

새로 시작한 캠퍼스 생활이 무척 재미있다매? 먼저, 대학에 들어가서 맞는 첫 생일을 축하한다. 지난 몇 년 동안 입시 땜에 그냥 지나갔던 생일을 올해는 보란 듯이 자유롭게 지내길 바라. 옛날이야기 해볼까?

미술 학원 같은 델 제대로 다녀보지 못하고 엉겁결에 미대에 들어간 삼촌은 기초가 약해서 고민이었는데, 그때 어떤 선배가 조언하기를 석고데생부터 다시 시작하는 맘으로 줄리앙을 그려보라고 하더구나. 그래서 1학년 1학기 내내 수업이 끝난 후 실기실에 혼자 남아서 줄리앙과 마주 앉아 있었거든. 그렇게 해서 삼촌은 그림에 자신감을 되찾을 수 있었단다. 그러니까 줄리앙은 삼촌에게 그림의 첫사랑이었던 셈이지. 우리 광무는 그림의 첫사랑을 만났는지 모르겠구나. 어떤 형태로든 그림과 멋진 사랑을 하기 바란다. 그리고 그림이 아니라 진짜 첫사랑을 빨리 만나기를…….

광무야 보고 싶다. 태어나줘서 고마워! 삼촌은 우리 광무가 참 자랑스럽구나.

광무는 아홉살   '05 김승태

명색이 총각인데, 그리고 왕년엔 연애깨나 해봤던 사람인데, 발렌타인 데이에 초콜릿 한 개 못 얻어먹는 게 딱하다며 누가 하나 툭 던져줬다. 야금야금, 달콤쌉싸래……. 먹다 보니 낱개포장으로 초콜릿을 감싸고 있던 색색의 은박지가 소복했다. 왠지 귀한 느낌에 함부로 버리지 못하고, 잘 펴서 책갈피에 끼워두었다.

그러던 중에 그걸로 엽서를 만들면 재밌겠다는 아이디어가 떠올라 코팅된 노란색 종이에다 찢어 붙이기 시작했다. 오른손 하나만을 사용해서 원하는 모양으로 찢어내느라 애먹었지만, 왼손 대신 앞니가 도와주어서 다행이었다. 이윽고 어느 정도 끝났다 싶어 들여다보았을 때 참으로 유치하기 짝이 없는 색조에 아연했다. 번들번들 윤이 나는 샛노란 바탕에 번쩍거리는 원색의 은박지……. 게다가 생뚱맞은 보라색 낮달은 또 뭐람? 말 그대로 '유치찬란한' 그림이었다. 이런 걸 누구한테 보낸담? 성에 차지 않아 저만치 던져두었다.

그로부터 한 달쯤 지나서 잊고 있던 그것이 눈에 띄었다. 다시 보니 의외로 좋았다. 유치찬란해서 오히려 발랄하고 유쾌한 느낌이었다. 이런 색깔을 마음 우울한 누군가에게 보내면 위안이 되지 않을까 하는 생각이 들었다. 애당초 보낼 대상을 염두에 두고서 만든 그림엽서가 아니었으므로 누구에게 보낼까 궁리했다.

문득 그런 궁리가 서글프다는 생각이 들었다. 그 초콜릿이 어느 고운 여인에게서 받은 거였고, 먹고 난 포장지로 이런 엽서를 만들어 그 여인에게 보냈더라면 얼마나 좋았을까. 상상하다 말고 그런 생각을 누가 엿본다면 다 늙어서 주책이셩! 할 것 같아 나 혼자 민망했다.

두 발로 떳떳이 서서
울 엄니 따스운 배를 내 등허리에 얹어봤으면……

저 작은 여인네
손주 안아보시겠다고 연세 많이 드셔서도
끝내 균형을 잃지 않고 계시니,
천성이 명랑한 아낙네
아들 사람 되는 꼴 보시겠다고 그 모진 세월에도
걸음걸이 빠르고 반듯하시니……
달랑 업고 동네 한 바퀴 돌아봤으면……
오래 사시겠다고 다짐하시는 뜻이
나 일어설 때까지 곁에서 지켜주시겠다는 것이니
그 의지를 믿고 이 벅찬 소원 질기게 품고 살다가
어느 날 울 엄니 업고 눈길 걸어
새벽기도 예배당에 모셔다 드려야지

― 〈초망한 소원〉

발문    10년 전의 약속

저는 이 책의 저자인 이경학 군을 대전고등학교에 입학하면서 처음 만났습니다. 이 군은 못하는 것이 없을 만큼 팔방미인이었습니다. 음악이면 음악, 미술이면 미술, 문학이면 문학, 운동이면 운동, 공부면 공부, 모든 것을 다 잘했습니다. 소풍을 가면 기타를 둘러메고서 오락시간을 이끌었으며, 학급반장을 맡았을 정도로 리더십도 탁월하였습니다. 게다가 외모까지 출중하여서 여학생들의 시선을 한 몸에 받았던, 세련되고 멋있는 청년이었습니다. 그 시절은 고등학교에도 학도호국단이 결성되어서 교련교육을 받고 있었는데, 교련조회 시간에 "분열 앞으로 가!"를 외치던 이 군의 목소리가 30년이 지난 지금도 귀에 쟁쟁합니다.

그런데 지금 이경학 군은 걸을 수도 없고 왼손잡이이지만 왼손을 쓸 수도 없습니다. 홍익대학교 미술대 재학 중에 독일로 유학을 갔다가 원인 모를 병에 걸려 하반신과 좌반신이 마비되었기 때문입니다. 이 병은 왼손잡이 화가에게서 오른손만을 남기고 모든 것을 빼앗아가 버렸습니다. 그래서 그에게 남겨진 것은 맑은 정신이 깃들어 있는 머리와 자신의 신체에 대한 모든 걸 책임져야 하는 오른손뿐이었습니다.

이런 상태로는 아무것도 할 수 없다는 절망감 속에서 좌절할 법도 하건만,

이 군은 자신을 쉽게 포기하지 않았습니다. 그는 오른손으로 그림을 그리기 시작했습니다. 왼손잡이에게 오른손으로 그림을 그려야만 하는 상황은 그를 힘들게는 만들었을지언정 그에게서 그림을 뺏어가지는 못했습니다. 오랜 시간의 연습 끝에 그의 오른손은 왼손 못지않게 그림을 그릴 수 있게 되었습니다. 날선 칼처럼 날카로웠던 붓끝은 이제 세월의 무게와 그의 고뇌로 다듬어져 많이 부드러워졌으며, 그림의 깊이도 끝을 알 수 없을 정도로 많이 깊어졌습니다.

그가 말하길, 그림을 그리는 동안에는 본인의 그림을 볼 수가 없다고 합니다. 그림을 그리다가 어느 순간 붓을 떼고 한두 걸음 정도 물러나서 보아야지 비로소 화면 전체가 눈에 들어오면서 어느 부분에 더 손을 대고, 고치고, 어떻게 전개시켜 나갈 것인가 하는 게 보인다고 합니다. 휠체어조차도 혼자 힘으로 움직일 수 없는 그로서는 남들처럼 그림을 그릴 수가 없었습니다. 그래서 그가 선택한 것이 엽서에 그림을 그리는 것이었습니다. 그림엽서 같은 경우는 크기가 매우 작으니까 그림을 그리다가 손을 뻗어서 보면 이 부분이 잘되었구나, 저 부분이 잘못되었구나, 알 수가 있었기에 그에게는 딱 맞는 소재가 되었다고 합니다.

그는 이 엽서그림을 외부와 소통하는 수단으로 삼았습니다. 보고 싶은 이를 생각하면서 몇 날 며칠 동안 주제를 구상하고 고민하여 그림을 그리기 시작합니다. 그리운 마음도 담고 잘되기를 바라는 기도도 그려 넣습니다. 걱정하는 심정도 그림에 풀어 넣고 가보지 못하는 안타까움도 빈 공간에 채워 넣습니다. 이렇게 하여 완성된 엽서의 뒷면에는 한나절을 걸려서 손수 적은 사연과 그리운 이의 주소와 이름이 채워집니다. 이것은 글씨가 아닙니다. 그의 절절한 마음을 형상화한 또 다른 의미의 단색 그림입니다. 그리고 마지막으로 혼신의 힘을 다해서 서명autograph을 그려 넣습니다.

그의 아버님은 이렇게 그려진 엽서그림에 우표를 붙여서 그를 대신하여 우체통에 넣어주시곤 합니다. 가끔씩 그가 자기 손으로 엽서를 부치겠다고 고집을 부리면 그를 차에 태워 우체통까지 데리고 가서서 그의 손으로 엽서를 우체통에 넣게 해주시기도 합니다. 이 엽서를 받은 분들은 안도를 합니다. 아, 우리 경학이가 아직 살아 있구나, 나를 잊지 않고 있구나, 아직 정신이 맑고 뭔가를 열심히 하고 있구나, 하는 생각을 하게 됩니다. 그리고 사연을 읽고 그림을 보면서 경학이를 생각합니다. 그렇습니다. 이 군이 이렇게 혼신의 힘을 다해 마음을 담아 자신을 불태워 그린 엽서는 지인

들의 안부를 묻는 소통의 매개체이자 세상과 그를 이어주는 연결의 고리
이며 그가 실존하고 있다는 증명이기도 했습니다.

이경학 군은 말합니다. 구족화가라 해서 입으로 붓을 물고, 혹은 발가락
으로 그리는 사람도 많은데, 자신은 오른손이라도 멀쩡해서 손으로 그림
을 그릴 수 있다는 것에 감사를 드린다고. 신은 그에게서 붓을 잡던 왼손
을 가져간 대신 오른손을 선물로 주셨습니다. 그의 왼손이 조금씩 더 굳어
갈수록, 불가능할 것으로 생각했던 오른손이 주는 미지의 가능성을 찾아
가고 있습니다. 신은 인간에게 견딜 수 있을 만큼의 고통을 준다고 합니
다. 많은 사람들이 그 고통 앞에서 힘없이 무너지기도 합니다. 그러나 그
는 그 고통 뒤에 숨겨진 희망이라는 이름의 가능성을 찾으려고 하루하루
를 살아내고 있습니다. 그런 그에게 그림은 그의 삶을 지탱하는 지렛대이
자 그에게 생명을 지탱하도록 하는 샘물이기도 합니다.

이경학 군의 곁에는 언제나 부모님이 함께하십니다. 이 군은 잘 알고 있습
니다. 그가 원하는 곳은 어디든 그를 번쩍 들어 휠체어에 태워 데려다주시
는 아버님이 계시지 않았더라면 지금의 이 군도 없었다는 것을, 그리고
하루도 빠짐없이 새벽기도에 나가시는 어머님의 기도가 없었더라면 지금

의 이 군도 없었다는 것을. 그렇기 때문에 그가 그린 엽서그림에는 이 군 자신뿐만 아니라 헌신적인 두 분의 염원과 가슴앓이, 그리고 희망도 함께 담겨 있습니다.

이경학 군에게는 소원이 하나 더 있습니다. 그는 그걸 〈초망한 소원〉이라 는 시에 담아놓았고, 이 시가 낭독되었던 시집 출판기념회장을 눈물바다 로 만들었습니다.

> 울 엄니 한번 업어봤으면……
> 출세해서 이층집 짓는 욕심은
> 예전에 부질없는 것인 줄 깨달았고
> 통일 되어 아버지 모시고 고향 가는 꿈은
> 엊그제 신문에서 미적미적 멀어졌으나
> 이 새벽 닥친 추위에 이불자락 끌어당기며
> 끝까지 놓치지 않은 하나 남은 소원은,
> 울 엄니
> 한번 업어드려 봤으면……

휠체어 박차고 일어나 두 발로 떳떳이 서서
울 엄니 따스운 배를 내 등허리에 얹어봤으면……

(중략)

오래 사시겠다고 다짐하시는 뜻이
나 일어설 때까지 곁에서 지켜주시겠다는 것이니
그 의지를 믿고 이 벅찬 소원 질기게 품고 살다가
어느 날 울 엄니 업고 눈길 걸어
새벽기도 예배당에 모셔다 드려야지

그는 아무도 그럴 것이라고 생각하지 못한 그림엽서를 300장도 넘게 그려서 전시회를 열 수 있도록 하였습니다. 그가 이제는 어느 누구도 그럴 것이라고 상상도 못 하는 이 소원을 반드시 이루어내고야 말 것이라고 믿고 싶습니다.

20대에 찾아온 시련으로 그는 사회생활을 할 수 없었고 결혼도 하지 않았습니다. 지금까지 20여 년이 흐르는 동안 그는 자기만의 세계에 살면서 세상의 시선은 아랑곳하지 않은 채 꿈을 꾸어오고 있는 어린 왕자였습니다. 그는 세상이 얼마나 추하고 더러운지도 모르는 채, 그의 순수를 물감에 풀어 세상으로 내놓습니다. 그림은 일단 그려놓고 나면 더 이상 작가의 것이 아니라 관객의 것이라고 합니다. 그림을 보는 관객들은 각자의 상황과 처지를 생각하면서, 그림에 의미를 부여하곤 합니다. 그의 그림은 오랜 기간의 고통과 염원, 그리고 자존에 대한 각오가 어우러진 그의 분신과도 같아서 그것을 보는 이들에게 저마다 서로 다른 의미로 다가갈 것입니다. 대전고등학교 졸업 20주년이 되던 1998년의 봄은 외환위기로 몸살을 앓으면서 젊은 가장들을 거리로 내몰고 있었습니다. 사십오 세에 정년을 맞는다는 사오정도 그때 생겨난 말이며, 서울역 노숙자도 그 시절에 양산되어 새로운 풍속도가 되어버렸습니다. 이경학 군은 성치 않은 몸으로 기념식장에 나와서 직장을 잃고 힘들어 하는 친구들에게 희망의 메시지를 전하고 싶어 했습니다. 휠체어에 탄 채 단상으로 들려 올라간 그는 성하게 남아 있는 오른손으로 마이크를 들고서 축시를 낭송하였으며, 이렇게 오른손밖에 남지 않은 그도 희망을 가지고 사는데, 사지 멀쩡한 여러분들이 좌절하고 낙심해서는 안 된다는 간곡한 부탁을 하였습니다. 그의 희망은, 이렇게 하나씩 그려서 지인들에게 보낸 엽서들을 먼 훗날 한데 모아서 전시회를 열 수 있으면 좋겠다는 것이었습니다. 그로부터 10년이 흘러 고등학교를 졸업한 지 30년이 되는 올해 드디어 전시회를 열 수 있었습니다. 엽서를 가장 많이 받은 사람도 아니고 가장 자주 그를 찾아가거나 전화통화를 하는 사람도 아닌 제가 시작했습니다. 10년 전에 전시회를 열어주겠다고 했던 약속을 지키고 싶었습니다. 그가 보낸 350여 장의 엽서 중 170여 장이 모였습니다. 전시회 경비를 모금하였습니다. 그의 모교이자 저의 직장인 홍익대 학생들이 동참을 하였고 그의 고등학교 동창과 후배, 학창시절 동아리였던 고시(GOSEA) 회원들이 힘을 모았습니다. 전시회는 그의 모교인 홍익대와 현재 살고 있는 청주에서 차례로 열렸습니다.

이제 그가 그린 엽서를 모아 책으로 엮게 되었습니다. 전시회 때는 앞면에 그려져 있는 그림만을 볼 수 있었을 뿐, 뒷면에 있는 소중한 사연은 볼 수 없었습니다. 이 책은 일부 엽서그림 뒷면의 사연과 아울러 그의 짧은 생각도 함께 실었습니다.

지인이 보내온 글에 이런 구절이 있습니다. '우리는 살면서 생의 끝까지 전진하는 동안 저쪽 편에서는 무수한 화살이 날아오고 있고, 내가 그 화살을 오늘 맞을지 내일 맞을지 10년 후에 맞을지는 아무도 모르는 것이지. 오늘도 내일도 수백 수천 명이 화살을 맞고 대열에서 이탈하고 있다는 확실한 사실 말고는. 신기한 것은 그 와중에서 화살이 날아오고 있다는 사실조차 까맣게 잊고 살아왔다는 것, 영원히 살 것 같은 착각 속에서 당연한 이 사실을 그동안 어떻게 그렇게 철저히 외면하면서 살아왔는지······.' 그렇습니다. 우리들 모두는 무수한 화살이 날아오고 있는 속으로 열을 지어 걸어가고 있습니다. 언젠가는 우리 모두 맞게 될 화살을 이 군이 조금 먼저 맞았다고 생각한다면, 이 군을 우리와는 다른 특별한 사람으로 보기보다는 현재 몸이 불편한 그도 몸이 성한 우리와 크게 다를 것이 없다고 하겠습니다.

이 책은 모진 병마와 싸운 20여 년을 한결같은 맘으로 살아온 이 군의 삶을 담고 있습니다. 아울러 그 세월 동안 변함없이 이 군의 옆에 계시면서 그의 손과 발이 되어 오신 아버님과 어머님의 안타까움과 염원도 함께 담고 있습니다. 이 책을 접하게 되는 여러분들의 팍팍한 삶도 함께 스며들어 있지 않을까요? 아무쪼록 이 책을 만나게 되는 사람들에게는 힘과 용기를 주고, 하루하루를 열심히 살아가는 그에게는 꿈과 희망을 줄 수 있길 기대합니다.

2008년 12월
한강이 내려다보이는 연구실에서
류춘호